JN206814

もう一人の吾行くごとし秋の風

村次郎 選詩集

菅啓次郎 選

目次

發見

お父さんにも　お父さんがある

お母さんにも　お母さんがある

山彦

斧の音

林間の傳令兵

道に迷った栗鼠の子
こだま　こだま　こだま　斧の音

花火

あ　花火のやうだ

花火が花火のやうだと言つては可笑しいか
あ　星になつてゐる
あかよ　はたして星が星なのだらうか
あかよ　あかよ

あの北極星(ほし)を揚げた花火師(ひと)を知ってゐるか
そら　おまへでもない　僕でもない
誰かが泣いてゐる
あかよ　あかよ
おまへはいつの日から星を眺めることを知ったのだ
あかよ　あかよ　あかよ
おまへはいつの日から星に吠えることを知ったのだ

兄さんの歌

小さいとき　海をみなかった兄さんは
だめだった

小さいとき　山をみなかった兄さんは
だめだった

亡友想日

――一番早く逝った竹馬の友、島脇平治君に、この音信を。

平ちゃんよ
あれから　君の大好きだった活動寫眞も
なんども　なんども
僕達の町に来るやうになりました
そら　君の上手だった似顔繪の市川百之助は
あれはもう人氣はありません
あれからなんねん
村から　町に

やがて僕達も大人になり
兵隊ごっこや　剣劇ごっこをしないかはり
平ちゃん
僕達の世界は　この世は本當の戰争なのです
そしてああ　平ちゃんよ
宮崎省吾(せんご)君　島田　保(たもず)君は　すでに悲しい戰死です
平ちゃんよ　平ちゃんよ
そちらでは　ときをり音信(たより)ありませんか

春里

――故郷の言葉で。

雪こはらはら　花こはらはら

冬はオホーツクの海に　春はどこから

春は福壽草(まんさく)の野面から　鰊賣りの聲から

春は村に　村は春に　家出をしたつを子はどこに

お母(があ)さまさ逢ひにと　風はいふ

お母さまは　朝鮮のひとだと　村はいふ

春は疲れた村に　村は疲れた春に

四日三晩も遊んで　つを子は歸ってくる

涙こためて町の映画館（かつどうごや）から歸ってくる

つを子の見た映画（かつどう）こなんだあべ

つを子を連れて行ったのは誰だべな

山の神さまだあべな　春だあべな

花こはらはら　涙こはらはら

つを子の家庭（えっこ）はまあだ冬だべな

秋里

黄色い菊の花を食べ
悲しい秋の花を食べ

その葉を障子に張（は）込って　秋を惜んだ
その頃　すでに庭に霜が下りるので
故里では炬燵をせねばならなかった

啄木鳥

旅のお方ですか

これは鳥のいたづらなのです

啄木鳥が突いたものです

路の傍の枯林で薪を切つてゐた村の青年が静かに語つてくれた

もうこれ以上は行かれません

奥山(やま)はひどい積雪で　路が判りません

それに熊が出るのです

なぜ私は峠の向ふの村を尋ねたのであらう
行きもしないのに　口からでまかせに
私は私を恥ぢる——あの青年の瞳に　嶺の雪に

　故郷を離れやう　故郷を離れやう

ああ　私の心の中にも　いつ啄木鳥が巣喰ふた

隣の部屋のお婆さんたち

温泉宿の娘たちの唄が聞こえてくると――
今年は米が不作だった　間代も高くなった――
と語ってゐた隣の部屋のお婆さんたちも唄をうた
ふのだった　そして唄の合間に　市の日など青い
石油ランプの炎で爆發させて製造るあのふくれた

米のお菓子を　ほろほろと零しながらたべた

　子供たちにはいいお菓子だ

お婆さんたちは米のお菓子をたべ　そのお菓子
を賞翫(ほ)め　若い昔日(むかし)をうたってゐる

没有子（メファーズ）

　霰のやんだ外から　どこからともなくラヂオが
聞えてくる　遠い日本の峡の温泉村に　支那の音
樂が聞えてくる　泣きたい音色　支那の人たちが
泣いてゐるのかも知れない
　私は　さいぜんから没有子と書いた戰争の寫眞

をみてゐる　ああ　此の寫眞の人達が歌つてゐるのだ　瘡の男の子供　しつかりと手を握つた女の子達　夕暮のやうに悲しい顔

川瀬の音も秋雨のやうだ　皆ねしづまつた温泉宿で　私は戰争で苦しんでゐる支那の人達を想つてゐる

郷愁

福壽草の咲いてゐる温泉路
村は　戸障子をとざして静かに暮れてゐる
塩鮭をつるした家が一軒
その魚のとれる海は

この山峡から遠い私の郷にある
ああ　これが銀鱗を輝かした姿であらうか
今　この山家に
しほからい魚臭を放つてつるされてゐる

冷え

故郷の友人が訪ねてくれるので
出迎ひに驛まで山を下らう
あのいつもの古いフォードの乘合自動車で
しばらくぶりで洋服を着　靴下を穿いてみる

窓外に　晴れた山肌が奇麗（うつく）しい
だが　なぜだらう
ちかちかと足底にかんぜられる寒氣のやうに
私のいつも感ぜねばならないあの冷い感情は　なぜだらう

電報

雪がやまない
雪がやまない
私はねむれない
隣の三等郵便局で　局長が叫んでゐる

誰か　ゐないか　誰か　ゐないか　電報だ

やがて
雪がやんだか

雪がやんだか
私はねむれない
ねむれない私が　ねむれない私に叫んでゐる

　ねむれないひとはゐませんか　電報です
　世界からスパークの電報です
　世界は戰爭中です　もうだめです

峽谷の凍った眞夜中
私は花氷の中の花のやうにねむれない

魚

この町はとりのこされた町です

乗合自動車(バス)の車掌の説明が耳にのこる　そのや
うな舊い町　曾祖父の故郷　山脈の雪は　美しか
った　夜は池(せんすい)の鯉が　跳ねた　海の村から　はる
ばると訪ねた曾祖父の山の故郷よ

鰰(はたはた)といふ魚です　山町(ここ)では、なによりの魚です

――と語ってくれた山家の美しい婦人は　未だ
海をみたことがなかった

知ってゐます　知ってゐます　これが　これが
鰊ですか　私の家では　曾祖父の昔話がでると

きまって此の魚のことがでるのです

——魚の形をした自在鉤（かぎつけ）の大きな爐邊で　私は
その物語をし　その魚をたべた　私たちの土地へ
海の村へ移っても　なつかしんだといふ曾祖父の
魚を　鰊を　夢にしか描くことの出來なかった郷
愁の魚を　この淡い水色の魚を　私は目にしみる
大根のしぼり醤油でたべた

魚の好きだった祖先よ　魚の好きな日本よ

032-033

寒

夜　窓をひらくと
冬が馳けこんできた

月が木梢を嚙んでゐる
ああ　また私の心が
野犬のやうに遠吠をはじめる

冬

いつの日にか
故郷が冬にとざされたやうに
私の心もみんなとざされてしまった
結氷の下で

魚たちが夢みるであらうあの空を

ああ　子供たちが
軒の氷柱(つらら)を折ってゆく

蕪花群鷗

億の目　億の口から
鷗（ごめ）よ　おまへたちは
一つの涙を　一つの歌をうたってやまない
そして《億の目》に　億の僕をうつす
花瓣四枚の可憐な蕪花（はな）咲く蕪島で
ああ　春の絢爛のなかで
鷗（ごめ）よ　僕は

しばし　歌聲に身を匿くす　人間を忘れる

苦惱とはなんだ
流れる潮さ　散る花さ

鷗(ごめ)よ　おまへたちは
一つの涙を　一つの歌をうたってやまない
そして《億の目》に　億の僕の姿をうつす

空

石を投げやう
行方が見えるか

音響が聞えるか
二十四の秋
私は空に石を投げやう

底

こんなときがある
高い山から　ころころころげ落ち
そのまんま海の底に沈み
魚族のやうに憩つてゐたい

限りなく上にあるのは　水なのか　空なのか

暗いのだらうか
明るいのだらうか

旅

古い歴史のある日本紙を漉いてゐる
あの美濃のやうな村にゆきたい
生きることは　苦しいことだと書いた

あの白い紙を漉いてゐる村にゆきたい
植物と　水と　太陽でできてゐる日本紙よ
生きることは　樂しいことだと書いた
あの白い紙を漉いてゐる村にゆきたい

原

なぜこんな虫に　心ひかれるのだ
なぜこんな風に　心みだされるのだ
風がふき　虫のなく原のなか
風がふき　虫がよろけ　僕の心もよろけ
風の原　虫の原　原のなかのまんなか
風がふき　また別の風がふき

虫がなき　また別の虫がなき
ああ　原にゐて　地に立つてゐて
なぜこの空が　おもいのだ
夕映のさふらんいろが　空氣がくるしいのだ
風がふき　虫のなく原のなかのまんなか
風ふけ　虫なけ　原のなかのまんなか

心

海ながむれば　海
空ながむれば　空

ひとすぢの心よ

人　水平線とよぶか
ああ　泪　なぜ

どこかは冬で　雪もふりさう
どこかは春で　花もさきさう

應召の歌

波よ　おまへをみてゐると　僕のやうだ

激しく打つて行く　だが泡だけだ

岩がある　悲しい足音の砂原がある

ああ　海を行かう

ああ　山を行かう

昔話

おぢいさんも

おばあさんも　子供でした
たぶん　そのとき聞いた話でせう

冬至

北から　海の涯から　冬は餘りに早かった
仲間たちも去り　鴎（ごめ）は燈台と暮してゐた
鴎（ごめ）は吹雪に　燈火の瞬を失ひ
海面に消える雪片を

白い姿を　仲間たちと見まちがってゐた
鷗（ごめ）は胸の凍傷に疼き　羽根の力を忘れ
海底に飛んで行った
その夜　島は潮騒（しほたちのうた）を　弔歌を悲しんでゐた

寒夜

　凍豆腐を凍らしてゐる坂下の村端れから　三味線をひき　太鼓をたたいて　細い路を　旅藝人が登ってくる
　どてつん　どてつん遠くに響いたり　近くに響いたり　寒夜の井戸のやうに　冷く沈んでゐる渓

谷の街に　旅藝人が　登つてくる
　私は想ふ　――旅人宿　此の横と　看板を出し
てある格子戸のあの小さな宿を
　どてつん　どてつん風の音と一緒に　旅藝人が
愁しい曲をひきひき　私を凍らせながら登つてく
る

童話といふ字

童話といふ字を見てゐると　いつも私は　ネルの着物をきてゐた少年の頃を想ひ出す　どんなに大人達と交はっても　深夜に少年の夢を描き　それをこっそりとしまって置いた日の真実を　お母さんや　姉さんが大切に色々の美しい着物を桐箪笥にしまって置くやうに

そして私は　童話といふ字の裏に　今もなほ何

かしまってゐるやうな気がする　それは　あの嵐の後で　びしょびしょに濡れてしまった大人達の秘密のやうに

《あ　少年が来る》と　ふと路での行摩りの少年と出會っても　もう自分を見ることが出来なくなった私の成長のやうに

ああ　童話といふ字の裏に　今もなほ何かあるやうな気がする

「壱年」作品

八幡馬こ

あんちゃの嫁こ
乗ってきた馬こ
南部馬こ　よい馬こ

あんちゃの嫁こ
持ってきた馬こ
八幡馬こ　木の馬こ

鈴こならせであ
あねちゃの馬こ
南部馬こ　よい馬こ

煎餅こけであ
をもちゃの馬こ
八幡馬こ　木の馬こ

砂遊び

——故里の言葉で。

からのぢんじょさま　なにもておである
がらがらもておである
おら家のおんぢこあ　また泣いておである
日も暮れて　日こも暮れて
海こみて　海こみて泣いておである
おんぢこの泣いた海こあ　なにもておである
ざぶざぶ波こもておである
ざぶざぶ波こに　ざぶざぶ波こに

からのぢんじょさま
あっちゃころび　こっちゃころび
かわいそに　かわいそに
おんぢこの手こも冷(しべ)たくて
おら家(え)のおんぢこあ
海こみて　海こみて泣いておである
からのぢんじょさま　なにもておである
がらがらもておである

頂上

海が見える

人間は

皆　敵なのだと思ひ得なければならない

人間は
皆　仲間なのだと思ひ得なければならない

海が見える　風が吹く

風の歌

序章

風よ　おまへは

確に人間だけを吹いてゐる時がある

願ってゐた　移動を
測ってゐた　距離を
装ふた落着が　僕が

II

夏夜のやうに　草露のやうに
ああ　それらの間を　二つの隙を
不意によぎるもの
觸れ　さだかならぬもの　おまへ

VI

ああ　おまへ
烈しくうったのは
誘旅と　思郷とで　僕を惑はしたのは
故里の驛よ　精神の赤帽よ　僕よ

ああ　おまへ
僕はすでに乗ってゐた
舊式の三等車に　僕の運命に
驛長さんの腕のひとふれに
おまへのそよぎが　僕のもがきが

IX

馳けて下った　挑んでゐた
僕の風車をまはすに　おまへに逆って
手細工だった　得意だった
おまへの翼が　希望がはげしく廻轉する
ああ　おまへの昂奮　僕の歡喜

もう一方の腕を　おまへと
僕が　少年が　坂のカーブを切る
やがて間近に展けるおまへの家
馳けて下(い)った　噎せてゐた
言葉でなかった　愛を　郷愁を

XII

見上げてゐた
木梢を　黒いものたちを
それが一度きに飛び立ったのは
その時だ
おまへと　僕とが旅立ったのは
ふりかへった風景が

殘された歌聲のみが
ああ　そしておまへと　僕とが
なほも別れたのは
見上げてゐた
木梢を　黒いものたちを
分らなくなった空の涯を

xx

花たちよ　鳥たちよ
絆とは　生きるとは
ああ　そして風よ　おまへ
それは畢竟　僕ではなかったか
それは幼年の日の積木遊びではなかったか
僕の空しい努力が　おまへによって倒され

なほのこと僕によつて倒され
親しいものたちよ
花たちよ　おまへたちとて　散るだらう
鳥たちよ　おまへたちとて　去るだらう
ああ　そして風よ　おまへ
おまへの中に僕を
僕の中におまへを

海への徑

Ⅲ

それはかかはりのない歌聲だ
海への徑が急がれる
避けた溜りの水面に
空と　雲とが揺れてゐた

ああ　僕の心の空の戦慄(をののき)なら
ああ　僕の心の雲の悪意なら
それはせつない歌聲だ
海への徑が急がれる

Ⅳ

松の枯葉が降るやうに
僕の足取はそのやうだ
はや夕暮が染めてゆく
追はれて狂つた日没だ
僕の心労(こころ)はそのやうだ

僕は僕を裏切った

松林よ
おまへは落葉を　その堆積を
太陽よ
おまへは落下を　その悔恨を

名

僕のさまよひ
原のつきるところ
ああ　僕の意志の
斷崖で　辛いことで一杯だった
海が見えてゐた

何故だらう
何故だらう
握つてゐたものを　青林檎を
抛つてゐた　おまへ
おまへを　呼んで
おまへを　呼んで

《詩学》

訝

智慧の果實よ
本當に落下したのだったら
おまへの軀は水底にある筈だ
本當に死亡したのだったら
おまへの魂は天界にある筈だ

天にかへれ
天にかへれ

ああ
抛った掌(て)に　悪意の僕に

波

Ⅲ

薔薇の花
花の薔薇
不意の思考が　不意の思慕が
問ふてゐた　答へてゐた

昨日のそれが　今日のそれが
凋落知らぬものだけが
僕の歩數に　數歩に
歌ってゐた　歌ってゐた

太陽が私の眞上に
透いた波の中にも私がある

夏鷗

海岸（まち）は日曜日　少女達

似たおまへ　似たおまへ

海邊

長い間立つてゐた
鷗よ
やがて僕の瞳から消え去くもの　おまへ
おまへは戯れる　波に乗る
嘴を水に觸れる　暗い僕の思念に
ああ　おまへの濶達　變轉自在

無器用な僕　少い僕の語彙
僕の肩に
せめて差出す掌に　止まれ
　とまれ　此の世は

殘される空　残される僕

高所の歌

風に屋根柾がしきりに飛んで
何處かのやうに　此の世のやうに
やはり滅亡の兆でありました
しゅうり
しゅうり
不吉な響をたてました
登れば　意外に高く
下界は遠くありました

それでも孤高の精神（こころ）も嘘でありました
四方　眩暈（めまい）でありました
しゅうら
しゅうら
ああ　此の先　何を生きるのだ
ああ　此の後　何が殘るのだ
おまへばかり　空ばかり
落日が大きく見えました

無數の瓦礫と　魚骨がありました
たしか涸れた川床のやうでもありました
何處だか分りませんでした
なほさら忌はしいもののつのるだけ
それは音響のやうでもありました
ただ目つぶつてみるのでありました
ただ目ひらいてゐることが苦しくて
何故だか分りませんでした

跡

無數の記憶と　悔恨がありました
たしか濡れた季節のやうでもありました
女人の姿もあらはれて
たまらなく切ない想ひでありました

　ああ　清冽な水に　目を　耳を

それは流れて去ったものでありました

来歴

露草の花が
秋の花がすでに咲いて
愛する太陽が　はや別離が
手を振ってゐた
次の季節に
坂を下る僕に
振り返へる視野の涯に
青い空だけが
絶壁のやうに屹ってゐた
青い花だけが

未來のやうに搖れてゐた

　果されなかつた
　約束
　何故に

ああ
僕よ　僕の人生よ
其の終はる地點(ところ)からの
其處からの
出發であるべきではなかつたか

歸國

その四

見て來たものは　見せて來たものは
人間ばかり　人生ばかり
權力ばかり　非道ばかり
前後分からぬ　土埃の路ばかり
盲目の乞食(ものもらひ)が　漂白の藝人が
胡弓を手に　襤褸の小孩(しょうはい)に手を引かれ
悲痛を弾いてゐた　無限を流れてゐた

あいごう　あいごう

白旗　白装の葬列が　幾度
饅頭型堆土の　無数の墓地群の丘陵に
消へては　去った
おまへ　馬ならず　驢馬（ろば）ならず
日々の重荷　痩躯の騾馬（らば）達よ
おまへ達孤絶の　悲痛な高啼（いななき）よ
ああ　被支配者の直訴（こゑ）よ　反眼（め）よ

その五

降伏　死ねず
生きたかった　歸りたかった
異邦の人での　僕達　僕
終戰處理　知らず　關せず
何が終はったのだ
生きてはゐた　榮養失調　同胞相剋
歸ってはゐた　復員者姿　闇市密賣

戰争　とは　戰死とは
戰後　とは　戰災とは

戰死の君達でなければ
その真實　無念の希求は解らないのだし
歸還の僕達が　君達の本願に立戻らねば
その實現　感銘の構築も果されぬのだが

　體験の戰争とても僞はられるだらう
　體驗の戰後とても忘れられるだろう

ああ　繰返してはならない地獄だ
ああ　繰返してはならない生涯だ

自戒

詩を作るより
詩を作れ

田を作るより
田を作れ

詩作品

分って

分らないのがある

分らなくて
分るのがある

Les joues en feu

――吾が愛する仏蘭西の詩人レモン・ラディゲの詩集に《炎の頬》なるものあり
されば彼の言葉を借用して。

美しい乙女に
頬があるのなら　あるのです

美しい乙女に
灼きつく炎が　あるでせう

砂丘

原と海

砂と波

波と砂
海と原

海

ああ　昨日のやう
ああ　明日のやう

ああ　昨日のやう
ああ　明日のやう

110-111

飛行機雲

おまへのゐない
おまへの起點

おまへのゐない

おまへの終點

北國海村行

その五

返へせ

返へせ

岩礁から離れて去つたもの達を

魚族に生活はありえたか

魚族に墓場はありえたか

或る地點から　或る地點への

波達の変轉　移動　反復

流される砂　流される意志

足跡の不確實さ　お前の不誠實さ

返へせ

返へせ

漁民から離れて去つたもの達を

漁民の生活はありえたか

漁民の墓場はありえたか

何を生き

何が生きたのだ

國神家神

——民主化戦後日本　民主化戦後海村

畏れ多いことながら　敗戦にあたりまして
終戦の御詔勅　御勧告とかによりまして
それこそ
漁撈科学の　そのやうに　夢でない
一攫総民主化とかの掛聲によりまして
それこそ
魚族供養の　そのやうに　現（うつつ）でない
一億総懺悔論とかの掛聲によりまして
すっかり変った筈の　かはったのではありますが
それは
亜米利加國肯定とかの治外法権でありまして
それは
大日本帝國否定とかの千載一遇でありまして
それは
小國日本列島邊土の詠歎でもありました
それこそ
新しい民主國家とてこの國では先の遠いことで
新しい民主家庭とてこの國では先の遠いことで
それは

美風日本國固有とかの家族主義でありまして
それは
暗愚未開國通有とかの犠牲主義でありまして
それは
明媚日本列島の歎息でもありました
それこそ
神棚の御札のそのやうに　輕くない
傳承加護神様の威力とかによりまして
それこそ
横座の茣蓙のそのやうに　薄くない
傳統家父長様の威信とかによりまして
すっかり革った筈の　かはったのではありますが
それこそ
爐端から　天窓（そらまど）から　そもそも民の竈（かまど）から
逃げきれない
炊烟（けむり）のやうなものでありました
それこそ
横座から　神棚から　そもそも民の情（こころ）から
去りきれない
神様のやうなものでありました

魚族

めぐりくる季節ごとに
私たちの視界に
ああ　高まりゆく山々の景觀
林よ　あなたが語るやうに
川よ　あなたが語るやうに
すべてが眞實のことなのだ
だが　さやうなら
　汚れゆく川よ

失はれゆく林よ
懐しい岸邊よ　吾が生育地よ
愉しかった私たち　私たちの巡航船の中止
はたしてそれは風向の変化などだったのか
はたしてそれは潮目の変化などだったのか
めぐりくる季節ごとに
私たちの思考に
ああ　深まりゆく數々の疑惑

海邊供養

このたびの遭難船の御縁者の方々でせうか
行きずりの　浜見物の者でございますが
私にも拝ませていただきます
このやうな酷い座礁を前になされては
本当に御痛ましいことで
はい　情なく　口惜しくてなりません
海上労働者の身　覚悟はできてゐた筈ですが
何といふ命運　人生なのでございませう
病氣の父に代っての乗船でした
私たち三人の女には
夫であり
兄であり
倅である
突然の不幸でございます
遺体對面すらもできませんで
せめて郷里の花などを手向け
迎ひ火を焚いて　祈ってゐるのですが

御郷里(おくに)は　何處(どちら)で
はい　四國で　高知縣でございます
遠い　未知の　こちらにつきましては
鮪漁でよく參ってをりました父から
何度も語ってもらってをり
私たちもぜひ一度は　と
願ってをりましたのに
佛縁とは申せ　このやうな姿では
やがて暗い　涯のない海だけに
深い夜だけになることでせうが
この北國の嚴しい景色のやうに　嚴しい
あの倅(こ)の最後の死闘が偲ばれてなりません
この北國の刺さる風波のやうに　刺さる
あの兄の最後の眼差に射られてなりません
この北國の悲しい鳥聲のやうに　悲しい
あの夫(ひと)の最後の絶叫が聞かれてなりません
この冷い海水に流れ去く弔花(はな)たちのやうに
私たちの行先はどうなるのでございませう

海嘯（つなみ）

海洋が
陸地を襲ふ
然り
海洋が陸になるのだ
海洋が
陸地を侵す
然り　否
陸地が海洋になるのだ
海中の人間達の屍
陸上の魚族達の屍

ああ　海洋の擬似平和
人間の
その假面
その殺戮
その亡失
何があるのだ　阿鼻
何をしたのだ　叫喚
何があったのだ地獄
不意の靜寂
不意の虚無

風

東からの私
西からの私
南からの私
北からの私
もはや村でなくなった村に
もはや村人でなくなった村人たちに
もはや海ではなくなった海に
もはや魚族ではなくなった魚族たちに
私の豫兆力　私の與恵者とは

私の存在（いみ）とは何であらう
もはや私も私ではなくなって　私達の推移　不必要
貧窮が　廢墟が
私に激情だけが殘される
風見の矢の方向（さき）に
わずかに私の善意が殘される
風の便りの私が殘される
それは離散した魚族たちの消息だ
それは離散した村人たちの消息だ

鮫角（さめかく）海岸段丘夏日讃

草原も
砂浜も
岩上も
太陽と

燃え
絢爛
百花と
なって

青春

ああ
おまへ
おまへ　とは
嵐の
さなかだったなあ
此處
草原のやうに
風立ち　靡き
彼處
海原のやうに
波立ち　戰き

ああ
おまへ
おまへ　とは
去りゆくもの
消えゆくもの
海鳥たちでは
なかった　か
花草たちでは
なかった　か
待ってばかりゐた
呼んでばかりゐた

老者逍遥

その五

日がな
飛来
止まない
鴎(ごめ)ばかりを
眺めてみる
眺めてみた

終極(をはり)　など

在って　は
ならないのだ

日がな
寄來
止まない
波ばかりを
眺めてゐる
眺めてゐた

行衛

いつも
砂洲（すなはら）が
前後に續いて
自分と
自分が
歩いてゐた

ああ
風にむせぶ　方
　沖
いつも
悪い未来だけが
見えてゐた

埋葬

——生を得、数日にして世を去りし、名もなき弟に。

暗澹たる空に
暗澹たる空めがけ

幼き生命（たましひ）よ　一握の土よ
おまへが鳥になって　鳥がおまへを連れて

霙がふって

出征して幾日、島田保君、戰死の報に。

霙がふってゐる
乃木さんの切手の二枚はってある手紙

ああ　乃木さん
私の友も戰死(しに)ました

《台　温泉》

弔花

昭和十五年五月六日、従兄　岩岡萬吉氏戦死の報に。

萬ちゃんよ
此の世は春で　どこも花盛りです

巷も毎日　白い鳩の飛ぶ弔花の花盛りです
萬ちゃんよ　萬ちゃんよ
此の世は春で　あんまり花盛りすぎます

斷弦

――林　誠君。愛稱まこちゃん。念願のベートーベンのレコード「運命」を買ひに行く途中、悪名高き踏切りでの不慮の列車事故のため、散華す。才能豊か、青森市民交響楽団の第二ヴァイオリニストとして、未来大きいまこちゃん。過日、拙宅にての演奏、又親子四人での合唱もほんの近き日のことではなかったか。幼き御魂に、吾が弔花を、一燈を。

お父さん　ごめんよ
あんな素晴らしい譜盤(れこうど)を買えるなんて
僕(まこ)　嬉しかったんだ　有頂天だったかしら
　はやく行かねば　はやく歸らねば
譜盤(れこうど)のことばかり
練習の開始(こと)ばかり考へてゐたんだ
お母さん　ごめんよ
こんな素晴らしい一日を持てるなんて
僕(まこ)　嬉しかったんだ　不注意だったかしら

　うまく弾かねば

公演の感動(こと)ばかり想ってゐたんだ

あっ　またトランペットの失策(しくじり)　破調　馬鹿

まだ終演前だっていふのに

割れるやうな拍手が　寫眞閃光(ふらっしゅ)が

踏切りの馬鹿　汽車の馬鹿　眞暗

皆の顔が　何故

お父さん　さやうなら

お母さん　さやうなら

妹よ　さやうなら

業（なりはひ）

脊を
丸め
俯き
はるか
前方を

もうひとりの
僕が
歩いて
もうひとつの
道が
続いて

行末

一人になった
やっと
自分になれた
それで
おしまひ
風のやうに

岬が
沖が
地球が
轟々と
廻つてゐるのが
よく見える
よく聞える

村次郎を発見しよう

管啓次郎

村　次郎。印刷物においてはこのように、つねに姓と名のあいだを空けて記すこと、と彼は指示していたという。村が姓、次郎が名だということを、はっきりさせたかったのだろう。だからここでもそれに倣うべきかもしれないが、亡くなって二十年あまりが過ぎ、その名を知る人々のあいだではもはや混乱はない。そして彼の名をまだ知らないみなさんには、今日、「村次郎」の名をひとりの優れた詩人の名として、はっきりと記憶に刻んでいただければと願っている。この選詩集は、そのために編まれ、制作された。

八戸の詩人、村次郎だ。彼の名と作品は、不意打ちのようにぼくを訪れた。八戸ブックセンターの佐藤正樹さんと森花子さんが、この春、中野（ぼくが教えている明治大学中野キャンパスがある）に訪ねてきてくださって、ブックセンターの企画として今年は村次郎を取り上げたいという意向を告げられた。この段階で、ぼくは村次郎の名前を知らなかった。

一方に、館内のギャラリーでの「紙から本ができるまで展」の展示。もう一方に、まさにその展示の素材となる本の制作。昨年は八戸出身の作家・木村友祐さんの小説集『幸福な水夫』（未來社）を、デザイナーの佐藤亜沙美さんが画期的な装幀で飾り、三菱製紙八戸工場の全面的協力の下にギャラリー展示を構成した。今年はその第二弾として、八戸に生まれ暮らした村次郎の詩集を、ぼくの編集と解説で制作したいという。

デザイナー候補として、以前からいくつかの仕事を一緒にしてきた五十嵐哲夫さんの名前を、ぼくはあげた。文字遣いの上品さが際立っているのみならず、どんな本についても内容をよく読みこみ、ページとはそのまま本の内容＝風景を見せてくれる窓なのだということを、はっきりと教えてくれる感覚の持ち主だ。こうして今年は、ぼくが詩を選び、詩集の解説を書き（それがこの文章）、五十嵐さんが装幀し、ギャラリー展示を構成することになった。

村次郎は生前に二冊しか詩集を刊行していない。『忘魚の歌』（一九四七年）と『風の歌』（一九四八年）だ。そのコピーをいただいて、いくつかの作品を読み、ぼくは驚き、よろこびに包まれた。

そこに言葉を記しているのは、まぎれもない本物の詩人で、抑制され、きわめて洗練された詩行が、海のように空のようにのびやかにひろがっている。夏の青も冬の灰色も、そのあいだのあらゆるグラデーションと季節ごとの光も、詩集のページに宿っていて、それが饒舌というよりは寡黙な、言葉に身をまかせるというよりは言葉と対面し沈黙を恐れずむかい合うような、姿勢を伝えてくる。

その姿勢は冒頭の、この短い詩からすでに現われていた。ぼくが最初に読んだ彼の詩はこれだ。

發見

お父さんにも　お父さんがある
お母さんにも　お母さんがある

幼児が「世代」に覚醒する瞬間を摑みとった詩といっていいだろう。ほとんど同語反復のような構造の中で、それまであった父母と自分だけのみちたりた三角形が軋みはじめる。いや、それまでも「おじいちゃん」「おばあちゃん」といった存在は知っていたのだ。だが、その人たちが「お父さんのお父さん」や「お母さんのお母さん」だと思ったことはなかった。つまりは、自分の母や父がかつては自分とおなじような子供だったことを、初めて想像できるようになった瞬間。いい換えれば、時間軸に沿って展開する「世代」というものの存在に気づいた瞬間。さらには、お父さんのお父さんにもお父さんがあり、お母さんのお母さんにもお母さんがある、と無限に時間を遡行してゆける可能性にも、子供ははっきりとしたかたちではなくとも思い至っているだろう。

わずか二行（題名も重要な役割を果たしている三行詩と考えてもいい）の作品だけれど、そこにあるのは普遍的な発見であり、余分なすべてをそぎ落として提示された認識は、まさに誰もが折々に立ち止まっては思いを馳せる、自分自身の来歴という主題の前で、何をなすともなく佇んでいるかのようだ。

この詩にはじまって、ぼくは村次郎の世界にさまよいこむことになった。

八戸ブックセンターの佐藤さんから、彼の生涯についていくつかの事実を教えてもらった。

村次郎は一九一六年生まれ、一九九七年に逝去。

いまは八戸市に入っている鮫村の出身。

慶応義塾大学でフランス文学を学んだ。

詩誌「山の樹」に参加し、伊東静雄、中村真一郎、芥川比呂志、白井浩司らと交遊。

堀田善衛の自伝的小説『若き日の詩人たちの肖像』（一九六八年）に「詩人の浜町鮫町君」として登場する。

軍隊生活を経て、戦後は故郷・鮫で家業である石田家旅館を継ぎ、先ほど述べた二冊の詩集を発表した後は、もっぱら旅館のおやじとしての仕事に専念した。

けれども表向きは筆を折ったように見えながらも、彼自身の夜の孤独の中では何冊かの未発表詩集のかたちをとる作品を書きつづけ、晩年にいたるまで推敲をやめず、文学に興味をもつ若者などが訪ねてくればお決まりの羊羹とお茶を出して何時間でも談論風発、来客が帰るといえばこれを読めと本をもたせ、小さな書斎がおのずから極小の文学サロンになった。

興味深い話だ。

そしてさらにぼくの興味を引いたのが、彼が歩くことを非常に好んだという点だ。それも、とことん。鮫から八戸の中心街まで歩くことなど何とも思わなかったというし、それよりもっと重要なのは、鮫から太平洋にむかって開けた種差海岸にいたる海岸線を、彼は長年にわたって毎日のように歩き、その植生や地形、鉱物、四季の変化などを深く観察していたということだ。アマチュア自然学者のまなざしをもった、歩く人、歩く詩人。彼は幼いころから祖父に連れられて、この海岸線に親しみ、この土地を愛しながら成長した。

その祖父の名が「村次郎」だった。この人は長谷川村次郎として生まれ、石田家に婿入りして石田村次郎となり、父・多吉（旅館石田家の創業者）が亡くなった後にその名を襲い、二代目石田多吉として旅館業を営んだ。

詩人・村次郎の本名は石田實。石田村次郎＝多吉の孫にあたる。實は祖父であるこの石田村次郎に育てられた。山や海沿いを一緒に歩き、花の名前をはじめ多くの知識を教わったのだろうか。躾はきびしかったらしい。しかし祖父に対する敬愛は、すなおで深いものだった。長じて實は筆名として、この祖父の名「村次郎」を用いることになった。冒頭で述べた「村　次郎」という表記の背後にあった事情（祖父のファーストネーム「村次郎」との差異を表す）が、これでわかった。

村次郎が残した詩は、「村　次郎の会」によって編集され発行された上下二巻の『村　次郎全詩集』（二〇一一年）によってその全貌を知ることができる。今回、ぼくの選によって編む選詩集は、この労作を底本としている。

全詩集を読みながら、ぼくは八戸にむかった。村次郎の詩的想像力の母胎となっている風景を改めて体験するとともに、上條勝芳さんを代表とする「村　次郎の会」のみなさんにお話をうかがうためだ。そのときにうかがった小さなエピソードの端々から、ぼくにとっての村次郎の像が、しだいにはっきりとした焦点をむすぶようになった。

さきほど八戸ブックセンターの佐藤さんから聞いた、と記したことのいくつかは、すでにその後で「村　次郎の会」のみなさんにうかがったことと入り混じっているのかもしれない。ある人物像に関して人が抱く印象は、あらゆる小さな機会を捉えて、たやすく変わる。それもあって、ぼくは文学者の「伝記」にはいつも留保を置いて接するようにしている。多くの伝記に、伝聞や噂話、伝記作者の意見などが、まるで事実のような顔をしてまぎれこむからだ。

生身の人間として生きた文学者については、もちろんあらゆる人間についてそうであるように、単なる噂や不正確な情報があったとしてもそれを甘受しなければならない場合があるだろう。人が誰でもつねに「他人」という顔のない非情な集団にさらされていることを思えば、それは避けがたい。だが文学者には、この生身の人間の部分と並行して、けれども独立に、言語の存在としての部分があり、それには言語をつうじて接近するしかない。文学者がみずからの心の歴史を投影しながら作品を造型してゆく以上、彼女あるいは彼の本当の姿――生身の、生活する「私」の影に潜む、姿も音もない「私」――を捉えるには、ただ作品を読んでいくしかない。

そうはいっても、人物像の素描のために、最低限の素材があればありがたい。そのとき大きく役に立つのが、年譜だ。さいわい、これも上條勝芳さんが作成された行き届いた年譜が、「村　次郎の会」によって刊行された『風の軌跡村　次郎の生涯』にある。この冊子は二〇一六年、村次郎の生誕百周年の年の出版で、村次郎が構想し完成させ、けれども公にするにはいたらなかった六冊の詩集それぞれのための「未発表の後書」および詩集解説とともに、年譜が収められている。

年譜という、いささかぶっきらぼうなかたちの簡潔な記述を追ってゆくことで、詩人であることを隠しつつ生涯にわたって、存在の奥底で詩人でありつづけた村次郎の輪郭が、なまなましく浮かびあがってくる。

上條さんは大学を出て帰郷した二十三歳のときに村次郎に初めて会い、以後、村次郎が亡くなる一九九七年まで親しくつきあった。一九九三年の「えんぶりの時期」（えんぶりとは豊年を祈る初春の神事）から村さんの了承を得て年譜の整理をはじめ、村からうかがった話を『想・村次郎先生』としてまとめていった。年譜にはこのノートからの短い引用がところどころに挟まれ、閃光のように何かを教えてくれる。

年譜によって見えてくる、若き村次郎のいくつかの面――

八戸中学のころは航空学を学びたいと思っていた。

体操が得意で「鮫の軟骨」とあだ名されていた。

映画をよく観た。

舞踊家になりたいと思ったこともあったし、劇の演出もした。

中学を出ると家業の旅館を手伝った。祖父が大学に行く必要性を認めなかったから。

伯父が大学行きを勧めてくれた。慶應義塾大学予科のフランス語クラスに入った。

詩を発表するようになった。

文学部フランス文学科に進学した。

シネ・ポエム（詩の視覚化）について論じた。

レモン・ラディゲで卒論を書いて、戦争が激化したため短縮卒業した。このとき二十五歳。

ある年代の、いかにもフランス文学専攻の学生という姿を思い浮かべてしまう。典型的、といいたくなるが、そんな「典型」はたぶんイメージの中にしかないので、あまり意味がない。ヴァレリーやプルーストといったフランス二十世紀文学の超大物たちが、学生たちに最新の文学として受けとめられ、まさに巨峰として聳えたっていた時代ではあっただろう。

それよりも本質的に「典型」というか世代的な共通体験として語られなくてはならないのは、戦争だったと思う。

大学卒業の直後、一九四三年一月に東京で兵役検査を受けた。二月一日、応召。弘前第16部隊重機関銃中隊所属。一九四三年七月に除隊。しばらく東京で会社勤めする。ついで一九四四年七月に再度、応召。第16部隊3大隊重機関銃中隊に所属し、隊は鮫の港から中国大陸へ。揚子江と漢江の合流地点近く、武漢大学構内に駐屯。

こう要約したからといって何も具体的なことがわかるわけではないが、彼が中国大陸で目にしたもの、体験したことが、非常に大きな意味をもっていたことは、想像にかたくない。彼の詩の最良のいくつかは、この戦争体験および異郷の体験と、密接にむすびついている。

そして戦後。一九四六年四月に彼は大陸から帰還し、八戸に戻った。この後しばらくは、最初に述べた二冊の詩集の刊行をはじめ、詩の制作を（旺盛にとはいえないまでも）着実につづける。やがて一九五二年七月、彼は〈社会人としての文学者〉を放棄し、戦災に遭ったままだった石田家を再建し、家業の旅館経営に専念することを決意した。

上下二巻の『村 次郎全詩集』から詩を選ぶにあたって、ぼくが方針としたのはひとつ。あくまでもぼくの趣味に徹して、ぼくがよいと思うものを選ぶということだ。あまりにも自己中心的だと笑わないでください。そんなつもりはないのです。けっして作品数が多くはないとはいっても、詩人とはつねに多面的な存在で、しかも作品はさらにさまざまな受けとめ方を許す。たとえばある詩人の百の作品から十篇を選べといわれれば、選者A、B、C…がそれぞれ選ぶ十篇は相当に異なり、あるときは重なってもまたあるときは互いにかすりもせず、するとそれぞれの十篇により読者が与えられる印象も大きく異なって当然だろう。それは別のガイドにより、おなじ山がまったく異なった顔をして現われるようなもの。

ここでぼくは、ぼくなりの（必ずしも言語化できない）感覚により判断して「これはいい」と思った作品だけを選んだ。村次郎の作品に出会って二か月ほどのうちに集中的に読んで、直観的に判断したことになる。したがってここに挙げた作品が、村の全体像をよくしめしているという自信はとてもない。また、彼の若年から老年にいたる詩人としての全体像を、万遍なくしめすという意図もなかった。

さらに、当然ながら紙数はきびしく制限されている。よいと思っても収録する余裕がなかった詩がたくさんある。今回はあくまでも詩人・村次郎の世界への最初の接近を旨とし、読みやすい本文をもつ詩集に仕上げることを、われわれの課題とした。

それではなぜ、このような選択をぼくが行うことになったのか。そこにいたるまでの道を、少し述べておこうか。それを通じて、村次郎の詩学（＝詩の創作論理）とぼく自身の詩学のあいだの、必然ならざる通路が見えてくるかもしれない。

ぼくは九年前に初めて八戸を訪れた。目的は歩くことだった。

WALKINGと題する試みをはじめたばかりだった。美術作家の佐々木愛さんとの共同プロジェクトで、ある土地を一緒に歩き、そこで見聞きしたり体感できたことを題材として、ぼくが詩を書き、彼女が絵を描く。こうして同数の詩と絵が、土地の記憶とむすびついたかたちで制作される。

そのときはまず太平洋岸で種差海岸、ついで内陸部に行き八甲田山大岳登山、それから日本海岸の最終氷期埋没林とベンセ湿原を歩いたのち、国際芸術センター青森の工房で佐々木さんから版画の手ほどきを受けた。それが終わってから、ぼくは詩を書き佐々木さんは絵を描いて、その年の十二月に展覧会を開催した。

歩くことはつねにそのまま新鮮な知識の習得にむすびついているので、発想はあふれるように湧いて出た。このシリーズの制作はその後もゆるやかな虫の歩みのようにつづき、最近では群馬県の太田市美術館・図書館で、通算五回目の展示をおこなったところだ。そのための新作は中国・貴州省の少数民族であるミャオ族・トン族の村々と太田の町および山を舞台にしている。草花が育ち年ごとのサイクルを生きるように、あるいは樹木がゆっくりと目に見えない速度で成長するように、少しずつ成長するこのプロジェクトでは、現在ちょうど三十組の詩＋絵ができあがっている。これからもつづける予定だ。

この連作で最初にとりあげた土地が八戸だったことは、幸運な偶然だった。思い描くことのできる人も多いだろう。市街地の本八戸駅から八戸線に乗って種差海岸へ。そこから晩夏の快晴の空の下を歩きはじめ、疲れることもなく、何を苦にすることもなく、獣のような心で、ただ晴朗な時間を楽しみながら海岸線を歩いた。

新しい土地は心を浮きたたせ弾ませ、ぼくらは見えない獲物を追う猟犬のように幸福だった。しかもその獲物とは正体がわからないばかりか、存在するかどうかもあやふやで、もっといいことにはそれを捕えるという義務さえないのだ。獲物はとれてもとれなくてもいい。強いていえば土地を自分の五感によって経験し記憶してゆくことだけがみずからに課した仕事で、その仕事は歩いた歩数だけ、かけた時間だけ、着実に果たされていった。

天然の芝生がスコットランドのリンクスランド（海と陸をつなぐ土地、海岸の砂地に芝生やヒースの灌木が自生する地帯）そのままにひろがる種差海岸のすばらしさは、改めていうまでもない。ぼくらは長くつづく砂浜を歩き、それがつきれば岩場を歩き、途中では松林を抜けて、さらに歩いた。右手にはすっと一文字を引いたような水平線を境として色調のちがう青と青が積み重なって、空と海の分割を告げる。それは覚醒と夢の分割のようでもあり、過去と未来の分割のようでもある。

いちめん、光にあふれている。爽快。すばらしい気分だ。途中の岩場に腰を下ろし、持っていたおにぎりを食べた。岩の凹みに白く塩が溜まっているところがある。海面からはかなりの高さがあるが、たぶん高波で取り残された海水が干上がって、うっすらと白く塩だけが残ったのだろう。その塩を舐めてみることは、何よりの調味料になった。

泣き砂で知られる「大須賀海岸」も、ごつごつした岩場に建造された「葦毛崎展望台」も、今ならぼくはその名で呼ぶことができる。でもそのときは個々の名前に注意を払うこともなく、ただ無心に、心がないもののように、歩いていた。

やがてコンクリートの護岸工事がなされた漁港のエリアにやってきて、ついで民家の並ぶ集落に入った。そこで初めて、場所の名前を意識した。ここは鮫というのか、とぼくは驚きとともにつぶやいた。電信柱か踏切脇か家の表札にでも、そう記されていたのだろう。鮫という地名、鮫という村。もちろん、人の村だが、どこか民話にでも出てきそうな名前だなと思った。誰ひとり知った人のいない村、由来も知らない集落は、その午後にはなぜか人影もなく、まるで時の流れの外にあるように不動で、しずかに眠っているようだった。

このときにぼくが書いた詩をひとつ、記しておこう。ぼくの最初の詩集『Agend'Ars』（左右社、二〇一〇年）に「XXXI」として収められている。

海が上陸してくる、その海岸で
波が立ち上がり歩いてくる、その海岸で
波が打ちつける岩に埋もれた火山弾に手をふれた後
ぼくも歩いた、かつての誰かの後を追って

ぼくは歩いた、数人の幽霊をひきつれて
海猫のにぎやかな歌声を聴きながら
強い風を浴び
明るい光を浴び
初秋のある謎めいた午後を
北の村にむかって
無口な鮫たちの村にむかって
広大な芝地がひろがる海岸を
重力に逆らって
時間に逆らって
ヒースの藪が燃えるように踊っている
太陽がくるくると回り世界を陰画にした

初めての鮫で、何か目が回るような気分になったことが、反映されているのかもしれない。あの午後は大変にしずかだったけれど、沈黙は長くはつづかない。海を見やると蕪島が目に入った。そこは海猫たちの王国。この地方での人間の居住が数千年前の縄文時代にはじまったとして、たぶんその数十倍は古い太古からそこを本拠地として営巣し、繁殖し、晩夏が秋に変われば旅立ちもしたであろう鳥たちの、小さな島。海猫たちの首や胴の白ほど、空と海の青を引き立たせるものはない。そしてこのやかましい小型の鷗が、地元の言葉ではゴメと呼ばれることなど、そのときは思ってもみなかった。

九年後、二〇一八年。鮫の詩人に出会うために、またこの土地にやってきた。
すでに述べたとおり、村次郎の名をぼくは知らず、作品を読んだこともなかった。八戸出身の重要な詩人、ちょうど二年前に生誕百年を迎えたばかり。しかしいまでは詩集も手に入りづらく、このままでは歴史という忘却の得意な怪物により、呑みこまれ流されていくばかりだろう。その懸念もあって、八戸ブックセンターのみなさんが、手に入りやすい彼の詩集を編み、その詩の良さを少しでも多くの人々に体験してもらいたい、と考えたわけだ。

友人の小説家・木村友祐を介して、ぼくは二〇一六年、八戸ブックセンターの開設記念イベントに参加していた（友祐さんプラス石田千さん、温又柔さんと）。また二〇一七年には一周年記念イベントとして、小説家の古川日出男、歌手の小島ケイタニーラブ、翻訳家の柴田元幸とともに二〇一一年から上演している朗読劇『銀河鉄道の夜』を、八戸の南部会館で上演させてもらった。

その流れで知ることになったのが村次郎の詩で、いうまでもなく声をかけてくれたのは佐藤さん森さんだが、それはぼくが詩を書くだけでなく、ぼく自身の詩がまさに地形と気象をはじめとする自然のさまざまな相、地・水・火・風の自然力がヒトに及ぼす影響を主題としてきたことに対する反応でもあったようだ。そしてもうひとつ、村とおなじく、ぼくも大学では「フランス文学」（あまりに大雑把な括り方だが）を専攻していた。

村次郎の生前に刊行された二冊の詩集のコピーを作ってもらった。読んだ、驚いた。作品数は全体として多くはないが、きらめく詩篇がいくつもある。気に入った、打たれた。二十世紀の日本語の詩の歴史の中に、きちんと置かれ評価されるべき詩人だと思った。いや、「評価」なんてどうでもいい。読まれ、愛されるべき詩人だと思った。そして詩人の存在は時空を超えてゆくものである以上、彼は過去の詩人ではなく今きみの隣で息づいている詩人であり、八戸の鮫の詩人ではなくすでに世界詩人でもあるのだった。

いま目についた一篇を、一緒に読んでみようか。詩集『忘魚の歌』から。

原

なぜこんな虫に　心ひかれるのだ
なぜこんな風に　心みだされるのだ

風がふき　虫のなく原のなか
風がふき　虫がよろけ　僕の心もよろけ
風の原　虫の原　原のなかのまんなか
風がふき　また別の風がふき
虫がなき　また別の虫がなき
ああ　原にゐて　地に立つてゐて
なぜこの空が　おもいのだ
夕映のきふらんいろが　空氣がくるしいのだ
風がふき　虫のなく原のなかのまんなか
風ふけ　虫なけ　原のなかのまんなか

みごとにバランスのとれた作品で、付け加えることは何もないし、解釈すべきこともない。この詩が何を語っているのか、と訊かれたなら、答えはひとつ。この詩が語っているとおりのことを語っているのです、と答えるしかない。そして詩の力とは、特定された何かのその「特定」をはずすこと、一般化すること、単純にすることにある。

この原がどこなのか、われわれは知らない。原はどこでもいいし、どのような原でもありうる。

この虫がどんな虫なのか、わからないし、虫が単数なのか複数なのかも決めがたい。ただその虫に、心が引きつけられている。

風はどんな風かわからない。ただ「こんな」としめされることで、どのようでもありうる風が、そのときこの詩の話者を全面的に包み吹きつける風だとわかるだけだ。

原がどのような場所なのかはわからないが、注意を引きつけるのは虫と風だけ、極端な話ほかは何ひとつなくていいし、事実ないのかもしれない。なんと空っぽ。なんというさびしさ。

たとえばこのような十二行のストレートな抒情詩を書く詩人が、彼が生きるために与えられたひとつの時代というくつかの場所で真剣に生き、その日々を彫刻し、そこに潜む透明なかたちを目に見えるようにする努力をつづけたなら、そのとき村次郎がその全体において出現する。

抒情詩といったが、それを詩人本人とそのままに重なる「私」の心情や憧憬や慨嘆と考える必要はない。上條さんが伝える村次郎の言葉に、大変に興味深いものがある。「詩を書く時、プロレタリア詩の克服と小説の富を目的としました。だから上澄みを書き、連作にするんです」（『風の軌跡　村 次郎の生涯』より）。

プロレタリア詩が前提とするリアリズムやイデオロギーの克服はともかく、ここで村がいう「小説の富」が興味深い。それはあくまでもフィクションとして作られた、そしてフィクションにおいて複数の登場人物とかれらが暮らす社会の断面を提示しようとする、意志に連動している。その道は詩劇にもつながるし、さまざまな「私」が一人称で語る声をもつ連作詩にもつながってゆくだろう。

「詩人とはふりをする者」（O poeta é um fingidor）とは、いくつもの異名（エテロニモ）の下にさまざまな人格を仮構して思索と詩作をつづけたポルトガル二十世紀最大の詩人フェルナンド・ペソアの信条告白のような一行だが、それはまたあらゆる詩人の根底に潜む衝動の正確な記述でもある。鮫に生まれ鮫で生きた詩人・村次郎に、ぼくは出会うことがなかった。生身の人間としては。けれども彼の詩は残され、その作品を読むことによってしか知ることのできない村次郎に、ぼくはたしかに出会い、彼の言葉をこうして編んでいる。それは彼が愛した鮫角海海岸段丘を、ある晴れた秋の午後、彼とともに長い時間歩くことと、どれほどのちがいがあるだろう。

二〇一八年九月二十三日、東京

この選詩集の刊行に際して多大なご協力をたまわった、故・石田實氏のご遺族ならびに「村 次郎の会」のみなさま、そして三菱製紙株式会社に、心からお礼を申し上げます。

八戸ブックセンターギャラリー企画
「紙から本ができるまで展　村次郎×菅啓次郎×五十嵐哲夫×
三菱製紙八戸工場」
二〇一八年十月二十七日（土）〜二〇一九年一月二十七日（日）
本書は、右記イベントの連動企画として刊行しました。

本書に使用している用紙は三菱製紙㈱製です。
カバー・見返し　ダイヤバルキー　145.4g/m²
表紙・帯　ダイヤバルキー　117.4g/m²
本文　フレアソフト　100.0g/m²（pp. 001–144）
クリームエレガバルキーA　87.0g/m²（pp. 145–160）

村次郎（むら・じろう）
一九一六―一九九七年。本名・石田實。慶応義塾大学フランス文学科卒業。生前刊行された詩集は『忘魚の歌』（一九四七年）『風の歌』（一九四八年）の二冊のみ。一九五二年以後、家業である旅館石田家（八戸市鮫）の経営に専念するため発表を断ったが、その後も未刊詩集のための創作を続けていた。没後、「村 次郎の会」により『全詩集』が刊行された（二〇一一年）。

管啓次郎（すが・けいじろう）
一九五八年生まれ。詩人、明治大学理工学研究科総合芸術系教授。デビュー作『コロンブスの犬』（弘文堂、後に河出文庫）以来、旅と文学をめぐるエッセーを多数発表。『斜線の旅』（インスクリプト）により読売文学賞受賞（二〇一一年）。『Agend'Ars』四部作および『数と夕方』などの詩集を発表（いずれも左右社）。最新作は英語詩集 *Transit Blues*（キャンベラ大学）。

もう一人の吾行くごとし秋の風　村次郎 選詩集

二〇一八年十月三十日　初版第一刷発行

著者　村次郎
選者　管啓次郎
発行者　小柳学
発行所　株式会社左右社
東京都渋谷区渋谷二－七－六－五〇二
TEL〇三－三四八六－六五八三　FAX〇三－三四八六－六五八四
http://www.sayusha.com
企画　八戸ブックセンター
協力　故・石田實氏のご遺族、村次郎の会、
三菱製紙株式会社
デザイン　五十嵐哲夫
印刷・製本　創栄図書印刷株式会社

書名は村次郎『向天唾集』（未刊句集）収録の俳句
「もう一人の吾行くごとし秋の風」による。

ISBN978-4-86528-214-6